AF243577

Épître

A M. BARTHELEMY,

PAR

A. Leplar, Villageois de la Normandie.

Prix : **75 C.**

PARIS,

CHEZ GARNIER, LIBRAIRE, PALAIS-ROYAL,

VIS-A-VIS LA COUR DES FONTAINES, Nº 1.

1832.

ÉPITRE

A M. BARTHÊLEMY

Cᴇ́ʟᴇ̀ʙʀᴇ Marseillais! dont les libres accens
De tout cœur patriote ont mérité l'encens,
Je sors, barde-apprenti, d'un village armorique :
Je venais me chauffer à ton feu poétique.
Mais, à peine quittant le char du voyageur
Et, pour deux sous, assis aux tables du lecteur,
C'est l'énergique écrit où Tu Te justifies
Que lisent le premier mes muses ébahies.
D'abord, comme cela jusqu'au fond de mon cœur
Fait rouler des pensers! et puis, en ton labeur,
Un barde comme Toi, Tu compares ta peine
Aux maux de ce bœuf lent qui sur le guéret traîne
La charrue en formant un pénible sillon !
Moi, j'ai tant vu le bœuf, pressé par l'aiguillon,
Dans les guérets normands, tirer à la charrue,

Où, sous un joug bien lourd, tout haletant il sue,
Que ton propos plaintif m'effraie, en vérité !
Aussi ma muse agreste, en la grande Cité,
S'étonne ; je la vois, vaguement inquiète,
N'espérer qu'en tremblant l'allûre du poète :
Sa mine imite assez l'abord de ce plaideur
Qui vient au cabinet de son vieux procureur,
Pour s'informer du jour où se rend la sentence.

Malgré son embarras, sa sombre confiance,
Son maintien emprunté, cependant permets-lui
De hasarder pour Toi quelques mots aujourd'hui :
Mais, ô Barthélemy, c'est avec l'assurance
Que ton œuil de patron aura de l'indulgence
Pour le premier enfant qu'elle aura mis au jour ;
D'autant plus volontiers que, comme Toi, d'amour
Je me sens embrasé pour la liberté chère,
Qui promet à la France un avenir prospère ;
Et, comme Toi, je sais que pour les nations
Juillet devint fertile en sublimes leçons,
Quoique je sois inepte à tirer de mon âme
L'égale expression de mon égale flamme.

Lors qu'épiant le mal, *Némésis* existait ;

Que, par des coups sanglans, gaîment elle appliquait

Son fouet hebdomadaire au méfait politique ;

Un jour, elle s'avise au tigre épidémique

D'aller donner aussi la flagellation,

Au choléra-morbus, invisible démon,

Echappé furieux du manoir des ténèbres

Pour souffler aux mortels ses haleines funèbres,

Qui court tous les pays, fléau capricieux,

Comblant soudain le char du trépas odieux.

Mais ce monstre infernal, pour punir ta hardiesse,

Lance deux fois sur Toi, son ire vengeresse :

Pourtant reste imparfait son dessein : son courroux

Pour T'ôter l'existence avait d'impuissans coups.

Contraint, il y renonce, affreux, sombre de rage ;

Ainsi qu'un fier lion, enfermé dans sa cage,

Parfois rugit d'ennui, dans le charmant jardin

Où l'on voit à Paris un champ élisien.

Le monstre assez long-temps, de son regard qui tue,

N'a pas, pour son souhait, pu supporter ta vue ;

Impossible est à lui de fixer le rayon,

L'éclat de l'auréole où luit ton jeune front ;

Car à jamais l'on voit les esprits de ténèbres,

Les esprits de malice, en leurs projets funèbres,
Détester, redouter tout objet lumineux ;
L'incognito, la nuit sont seuls chéris par eux.

Oh ! félicitez-vous, toi Liberté, toi France !
Il vous est rendu ! lui, cette chère existence,
Dont la plume féconde, au fond d'un cabinet,
A la lampe, au beau jour, pour vous deux a plus fait
Que la plus noble épée en ces trois jours de gloire,
Dont vous saurez garder à jamais la mémoire,
Et dont il fut aussi l'intrépide soldat...
Et sa plume et son bras combattent pour l'état !
Vos pleurs auraient mouillé la couche funéraire
Que pour lui, pour ses chants, ouvrait la froide pierre ;
Et l'envieux lui-même, en ce jour, sans venins,
Aurait noyé sa haine en nos communs chagrins.
Il vit : il chantera pour vous long-temps encore,
Lorsque son astre à peine a quitté son aurore :
Astre déjà si beau ! Mais que sera-ce aux jours
Que vers le pur zénith s'élèvera son cours.

Hé quoi ! Barthélemy ! la malice, l'envie

Plus hostiles encor que l'âpre épidémie,
Contre ton innocence excitent leurs serpens!
Ne T'épouvante pas! va, les honnêtes gens
Savent que la vertu, fière chez le génie,
Alors qu'elle est entrée en sa route choisie,
Et sous le soleil pur de la raison des temps,
Jamais ne subira les abjects sentimens,
La honte infâme d'être et rampante et vendue!
Comme Tu le dis bien, présomptueuse et nue,
La médiocrité, végétant sans lecteurs,
Se vend seul au pouvoir pour de l'or, des honneurs.
Non pas que le talent, selon la circonstance,
Ne puisse de sa peine agréer récompense,
Mais ce sera sans crime : et, dans tout temps, il peut,
Sans cesse indépendant, être riche s'il veut :
Brillant de ses clartés, il sait, dans son essence,
Devenir, par lui-même, une noble puissance;
On ne doit pas le voir assez servile et vain
Pour s'offrir aux reflets d'aucun pouvoir humain.
Oh! moi, champion neuf, qui vais entrer en lice,
Si je n'avais qu'à boire en ton amer calice,
Mais touchant, par l'espoir même lointain encor,
Aux magiques sentiers de ton céleste bord....!

Du moins, cygne puissant, par le vent de ton aile,
Daigne donc envoler la jeune tourterelle !
Enfin, Barthélemy, l'abeille à ses bourdons,
Virgile eut Mévius, Voltaire, les Frérons,
Homère avait Zoïle, et la maligne envie
Est un insecte vain qui s'attache au génie.

Que j'ai senti mon cœur, rempli d'émotion,
Battre avec des élans de satisfaction,
Quand j'ai lu l'endroit où ta pièce défensive
Fait ta confession et franche et positive!
Oui, la France a besoin d'un vaste et sûr repos!
Union! vœux communs! point d'irritans propos!
Et trouvons ta Furie aujourd'hui trop mutine!
Corrigeant quelque faute avec sa discipline,
Elle envenimerait un tas de ces esprits
Qui ne saisissent point le but de tes écrits,
Ou qui, s'autorisant d'accens patriotiques,
Par des faits subversifs cherchent les républiques.
Enfans dénaturés, de notre Liberté,
Ils évoquent ces temps de leur félicité,
Où leurs vœux couvriraient, aux décades sanglantes,

L'autel des échafauds de têtes innocentes,

Et, le sang recueilli pour des libations,

Fêteraient les Carrier, les Marat, les Dantons.

La liberté leur doit une assez large dose

Pour se ruer à gré sur la publique chose,

Et, la terreur en main, Robespierres nouveaux,

Tyranniser les lois dans le sein du cahos!

Mais.... il est mort ce temps de larmes, de victimes!

Ah! des fastes français, Clio, rayez les crimes!

Pensent-ils point ainsi....? Mais c'est que la plupart,

Au gâteau de Juillet ils n'ont point eu de part!

Moi, quand je dis cela, ce n'est pas que, d'étude,

Ici je veuille prendre un ton de gratitude;

Ma main, qui n'attend rien, n'a plus rien reçu;

Je suis libre, indigent, solitaire, inconnu.

D'autres gens même encor trouvaient pour eux prospère,

D'ouïr de *Némésis* la multiple vipère;

Venant faire chorus à l'âcre sifflement,

Trépignans, ils cachaient, par sous leur vêtement

Qui sentait les parfums de Loyola, d'Ecosse,

Ils cachaient, pleins d'un soin intempestif, précoce,

Ce pâle astre bien mort, l'étendard des malheurs,
Pour le substituer à ces saintes couleurs
Dont le triple rayon sourit à la patrie,
Et qui doit l'ombrager d'une éternelle vie,
Symbole de ces droits trop long-temps méconnus,
Et, la seconde fois, pour toujours obtenus.

Hé! d'une autre part donc pourquoi tant d'exigence?
De la nécessité qu'on prenne la balance :
Que d'intérêts froissés, après l'explosion
D'un si soudain volcan de révolution!
Empressés, mécontens, oh! je vous interroge,
Etait-il bien possible à ces hommes de toge
Qui, le cœur bouillonnant des flots d'un bon vouloir,
Se sont entrepassé les rênes du pouvoir;
Leur était-il possible, en telle circonstance,
D'obtenir plus de bien et de calme à la France?
Les partis, éveillés par des illusions,
Faisaient saigner la plaie à tant de passions!
— Ils font faute sur faute. — Il n'est pas impossible.
Mais où trouverez-vous le mortel infaillible?
Quoique je n'en sois pas l'aveugle défenseur :

Je suis indépendant, et j'écoutemon cœur;
Qui sait bien qu'on ne peut chez nuls, tant que nous sommes
Oter l'amour de soi de l'essence des hommes,
Dont chacun veut pour lui cet or et ces honneurs,
Qui ne profanent pas mes accens non flatteurs;
Et j'entrevois encor la faute dangereuse
De laisser trop dormir dans une marche heureuse,
Des gouvernans guindés sur leur présomption.
D'aucuns je ne voudrais être la caution;
Mais vous, leurs détracteurs, répondrez-vous vous-mêmes
En face du pays, que de faibles systèmes,
Que le prudent chemin toujours tenu par eux
Fournit les résultats les moins avantageux?
Avez-vous oublié que nos nouveaux ministres
Sont ces fiers champions qui, dans des jours sinistres,
Ont réclamé nos droits, populaires héros,
Au prix de leurs santés, au prix de leur repos?
O malheureux Périer! toi dont la France est veuve,
D'un holocauste saint, ton destin est la preuve!
Belle ombre! permets-moi de mettre à ton cercueil
Une fleur de la gloire, une larme de deuil!
De Constant et de Foi les deux si chères ombres
T'ont vue avec amour dans les royaumes sombres!

L'honnête citoyen, le chef de notre choix
Que le vœu du pays a mis sur le pavois;
Dont le soin paternel soutenu d'espérance
Est d'invoquer toujours le bonheur pour la France;
Qui, par son infortune et par celle d'autrui,
A l'école du sort dès long-temps s'est instruit;
Aux révolutions, soldat de la première,
Et l'appui dévoué, le roi de la dernière;
Philippe-d'Orléans pouvait-il faire mieux?
Un chef plus obligé, plus digne et vertueux,
Où donc l'eût-on trouvé, parmi ce que nous sommes,
Autant que des humains gouverneront les hommes?
Et puis trouvez aussi ce monarque, ô mortels,
Qui pourra conquérir des vœux universels!
Pas même quand un Dieu porterait la couronne.
Tout est renouvelé: il est nouveau le trône:
A lui respect! il a besoin d'autorité,
De notre confiance et de la vérité.
Vous voyez, ce n'est pas l'intérêt populaire
De faire tous les jours des rois et d'en défaire!
Ah! si quelque âge voit un tyran détesté,
Chez le peuple est toujours la souveraineté!
Allez, peuple-modèle, ô chers fils de la France!

Non , d'un nouvel essai ne courrez point la chance!
De peur que Jupiter au milieu de notre eau
N'aille envoyer la grue ou bien le soliveau!

Par là, Barthélemy, quand ta muse chérie
Laisse aujourd'hui dormir sa terrible Furie,
A qui la malveillance empruntait des tisons,
De toutes parts j'entends des bénédictions.
Némésis dort : silence! et gare à qui l'éveille
De vous ses ennemis que punirait sa veille!
Contre les envieux elle a gardé du fiel :
Tu châtieras leur vice à la clarté du ciel.

Si, nouveau Juvénal, un jour, trempant ta plume
Dans les flots mordicans d'une austère amertume,
Tu viens à dévoiler le vice en tes écrits;
Oh! si Tu faisais donc la ronde dans Paris
En même temps... ! Partout Tu verrais l'impudence,
Etaler à tous yeux la cynique licence !
Oui, quand les travers sont déjà trop affigeans,
Dans chaque rue, on voit d'audacieux marchands

De dépravation du cœur de la jeunesse,
Afficher les chiffons des jeux de la molesse,
Vendre de la langueur l'empoisonné tableau.
Hé! le pouvoir le souffre, un peu là soliveau!
Quand le libraire tient ouverts sur sa boutique
Ces livres professeurs de méthode lubrique,
Ce chef-d'œuvre effronté du libertin Piron,
Pour les mœurs à venir que de corruption!

O campagne! ô jeux purs! ô champêtre innocence!
Vos bords n'exhalent pas cette odeur de licence!
Nul besoin d'alimens pour l'exigeant ennui :
Le vertueux travail y donne un heureux fruit.
Là jamais on n'a vu nulle fille impudente
S'accrocher aux passans, pour leur offrir la vente
D'un plaisir dangereux, qu'elle ne goûte pas,
Et faire conspuer ses si publics appas;
Pour leur vendre un plaisir avec fard apprêté,
Et qu'annule pour eux la prodigalité.

Tandis que, dans les champs, vous aimez à surprendre

A la nature seule une caresse tendre :
C'est la main de l'Amour qui pétrit le plaisir,
Cet enfant rare et vrai du mutuel désir :
Là, timide toujours, simple, fidèle et chère,
D'un aimable souris vous charme une bergère :
Dans un doux abandon coulent les flots du cœur :
Le front s'y teint toujours des roses de pudeur.

Oh ! moi, qui ne sais rien, qui, disant ma pensée,
T'ai peut-être exprimé quelque sottise aisée,
Pourrais-je, en finissant, dis-moi, Barthélemy,
Dans le fond de mon cœur goûter l'espoir ami
Que, de ta part, ma muse eût attiré sur elle
De bienveillans égards une seule étincelle ;
Quand ce léger écrit en précède un plus grand,
Ainsi qu'un tirailleur que l'on jette en avant ?

FIN.

IMP. DE CARPENTIER-MÉRICOURT,
Rue Trainée St-Eustache, n. 15.